"Para nuestros padres.
Y para todos los que pintan de colores
nuestras vidas".

Anna y Subi

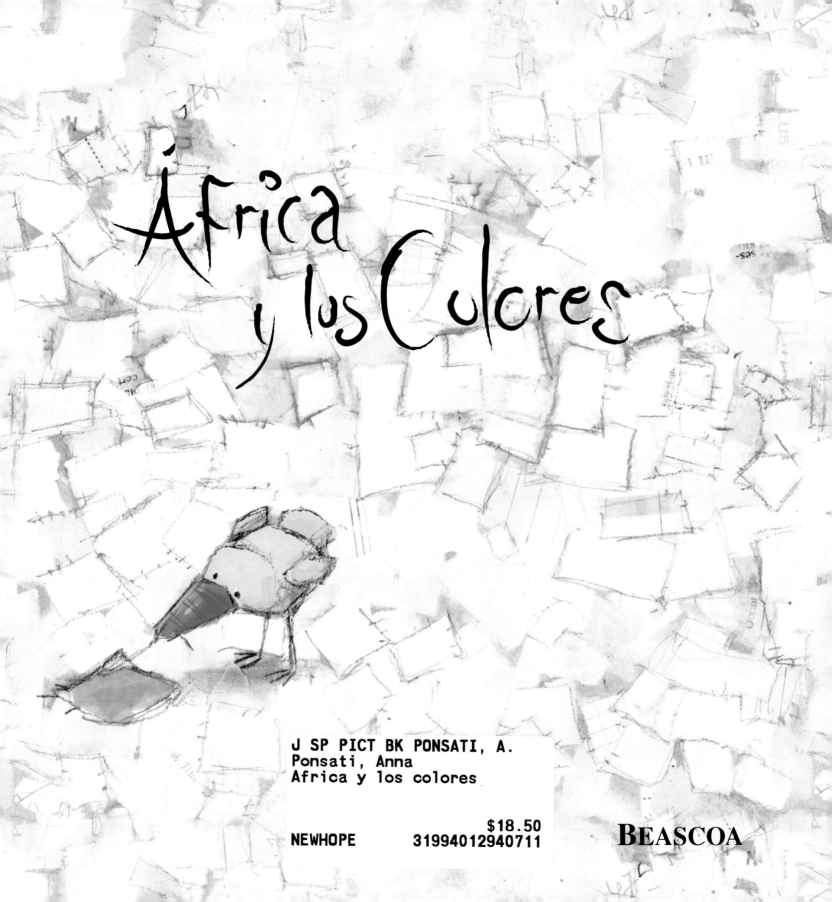

# África y los Colores

**BEASCOA**

En la selva vivía África, la más pequeña de una familia de elefantes.
África nunca se separaba de su madre cuando la manada iba
en busca de comida y agua. Pero hacía días que África estaba tristona.
El Pájaro que Todo lo ve y Todo lo oye, quiso saber qué le pasaba.

—¿Qué te pasa, África? ¿Por qué caminas trompi-baja
y con los ojos tristes? —le preguntó el pájaro.

— No lo sé —respondió la elefanta—. Últimamente lo veo todo
de color gris-verdoso.

El pájaro se quedó un rato pensativo y luego exclamó:

—¡Tengo una idea! ¿Por qué no haces un viaje?

—¿Y cómo quieres que salga de la selva? —le preguntó África.

—Yo te ayudaré —dijo el pájaro—. Construiremos un globo muy
grande, para que puedas volar, ¿qué te parece?

África no lo tenía muy claro, pero... ¿Por qué no probar?

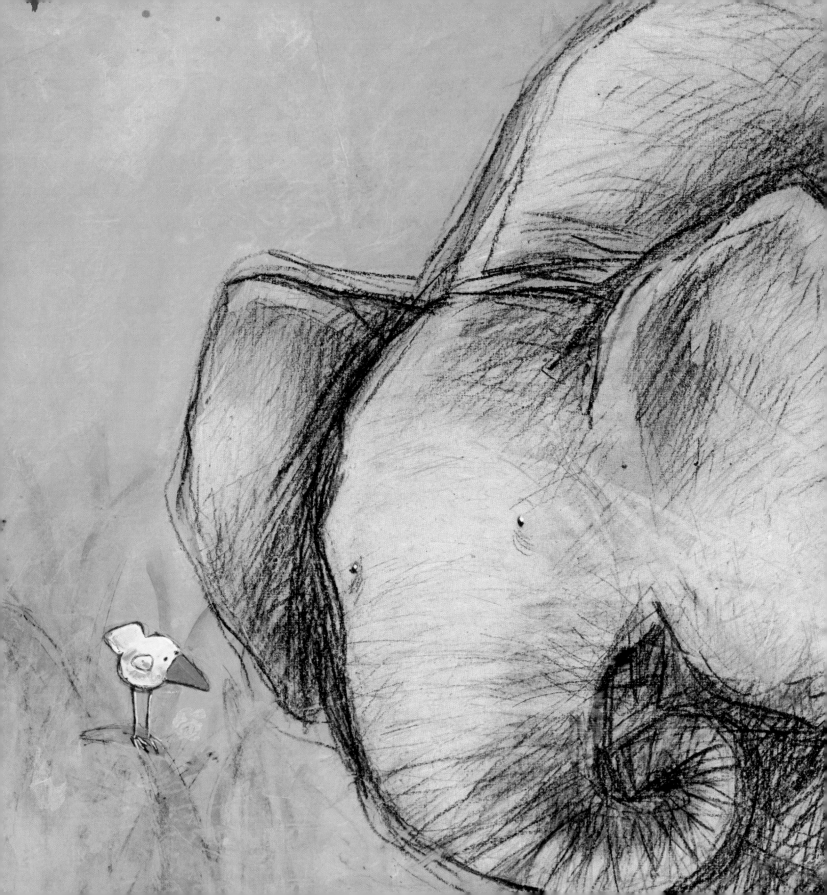

Los dos amigos se pusieron a trabajar enseguida. Con un par de púas que les dejó el erizo, África, el Pájaro que Todo lo ve y Todo lo oye, y su amigo el flamenco, cosieron los trozos de tela y otros materiales que los animales habían encontrado.
Nadie descansó hasta que el globo estuvo terminado.

África intentó subir al enorme globo que había construido con sus amigos. La verdad es que no estaba muy segura de caber en la cesta. Porque aunque la cesta era grande, muy grande, grandísima, África también era enOOOrme... En fin, África no le dio más vueltas y, cuando nadie la miraba, se metió dentro.

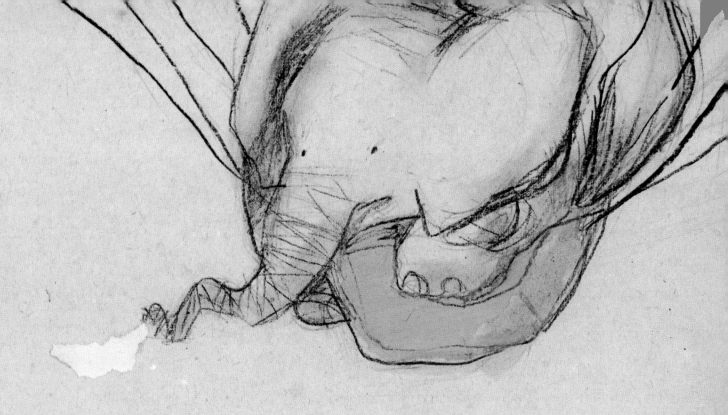

Todos sus amigos se reunieron para desearle un buen viaje. Antes de
partir, el Pájaro que Todo lo ve y Todo lo oye, le dio a África cinco botes
de cristal que la elefanta puso dentro de la cesta.
—Guarda en ellos lo que te haga más feliz —le dijo.
El globo empezó a elevarse en el aire. La elefanta no se lo podía creer:
sus cuatro patas, tan grandotas como eran, por primera vez en la vida,
¡no tocaban tierra!...

El primer lugar por donde pasó, fue el mar. Fascinada con este nuevo horizonte, cogió uno de los botes de cristal y lo llenó del color del mar, que era el...

AZUL.

Después, África y su globo aterrizaron en el Polo Norte. Allí hacía mucho frío. Aún así, la elefanta se enamoró del color de la nieve, que era el...

# BLANCO

Y llenó el segundo bote.

Más adelante llegó al desierto y allí encontró el color de la arena, que era el... .

Y lo metió en el tercer bote.

El viento arrastró el globo hasta un campo de amapolas. África encontró el color...

# ROJO

Y le gustó muchísimo, así que lo metió en el cuarto bote.

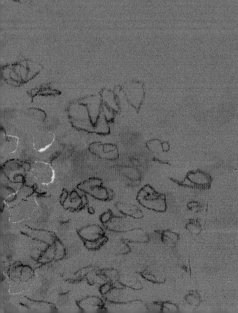

Se hizo de noche. África nunca había estado tan cerca de las estrellas.
Entonces, buscó el último bote que le quedaba vacío y lo llenó del color
de la noche, que es el...

# NEGRO.

África regresó a casa con una sonrisa de oreja a oreja.
Sacó sus botes de colores y se puso a pintar los árboles
y las flores de la selva. Estaba tan alegre que
contagió a todos los animales y al poco rato...
¿sabéis lo que hicieron sus amigos?

Con el color rojo, que era el favorito
de África, le pintaron todo el cuerpo.

Pero la historia no acaba aquí...
¿Adivináis qué pasó después?

Pues que todos los animales de la selva se pintaron entre ellos y cambiaron su color por otros más divertidos.

Y África dejó de verlo todo gris-verdoso.
¿Cómo no se había dado cuenta antes?
El mundo estaba lleno de

COLORES.

Ilustraciones © Subi
Textos © Anna Obiols
Traducción y adaptación: Estrella Borrego
© 2002 para la lengua española:
Ediciones Beascoa, S.A.
Diagonal, 429. 08036 Barcelona

Todos los derechos reservados

ISBN: 84-488-1649-8
D.L.B. 47307-2002

Impreso en España